봄을 초대하고 싶다

박연식 지음

봄을 초대하고 싶다

1판 1쇄 : 인쇄 2022년 08월 18일
1판 1쇄 : 발행 2022년 08월 20일

지은이 : 박연식
펴낸이 : 서동영
펴낸곳 : 서영출판사

출판등록 : 2010년 11월 26일 제 (25100-2010-000011호)
주소 : 서울특별시 마포구 월드컵로 31길 62
전화 : 02-338-0117 팩스 : 02-338-7160
이메일 : sdy5608@hanmail.net

표지 그림 : 박덕은
디자인 : 이원경

ⓒ2022 박연식 seo young printed in seoul korea
ISBN 979-11-92055-19-0 03810

오늘의 디카시선집 **04**

봄을 초대하고 싶다

박연식 지음

2022·서영

박연식 시인의 디카시집 출간을 축하하며

  월파 박연식 시인은 전남 보성군 벌교읍 고읍리에서 공무
원이었던 5대 독자 박영학 씨와 인자한 어머니 사이에서 4
남 4녀 중 장녀로 태어났다.

  생육신 김굉필 후손으로, 나주에서 막내딸로 태어난 어머
니는 어려서 논어 맹자를 읽어 소동파로 소문이 났으며, 시,
서화, 자수에 능통했다.

  박연식 시인은 어려서 낙성국민학교가 가까이 있었으나,
향학열에 열정을 쏟은 부모 덕에 시오리 떨어진 벌교남국민
학교를 다닐 수 있었다. 구김살이 없고 명랑했던 그녀는 6년
간 여자 반장을 하며 개근상을 탈 정도로 건강하고 활달했
다. 뿐만 아니라 웅변과 무용도 잘했다. 벌교중학교 때는 육
상선수로 보성군에까지 출전했으며, 주산도 4급까지 따서
장래 은행원이 되는 꿈을 꾸고 살았다. 14등이라는 좋은 성
적으로 광주여고에 들어간 후 상과를 지망하였으나, 2학년
때는 상과가 문과로 통일되는 바람에 문과에서 공부했다.

  어느 날 국어 시간에 조복남 국어 선생님께 칭찬받았는데,

그게 계기가 되어 문학에 대한 싹이 자라기 시작했다. 학창 시절 주말이면, 세계 명작들을 꾸준히 탐독했고, 한국문학 작품들도 수시로 읽어 나갔다.

학창 시절 아버지의 극진한 보살핌을 받았으나, 간장 공장과 콩나물 공장을 운영하던 아버지의 사업 실패로 한동안 고생길을 걸어야 했다. 그 와중에도 교지에 수필 [눈길을 밟으며]를 써서 당선되기도 했다.

가정 형편상 숙문여자대학 가정과에 장학생으로 들어간 뒤, 교육과학연구원 소속 카운슬러 교사가 되어 30년 동안 근무했다.

1976년에는 임지한 님(전남대 건축과 졸업)을 만나 결혼했으며, 슬하에 아들 하나(서울대 건축과 졸업)와 딸 하나(홍대 서양학과 졸업)를 두었다.

퇴직 후에는 호남대학교 이향아 교수 지도로 10년간 문학 공부를 하게 되었고, 수료 후 2000년에 [한국수필] 신인문학상으로 문단 데뷔를 했고, 2009년에는 저서 [함께 밝은 페달], [서간문집]을 출간했다.

2002년에는 전국 시낭송 재능시낭송대회에서 우수상, 2013년에는 광주문협 주최 전국시낭송대회에서 대상을 각각 수상하기도 했다. 또한 2016년에는 [아시아서석문학] 시 부문 신인문학상, 2016년에는 수필 작품상을 수상했다.

2021년 9월부터는 한실문예창작 지도 교수 박덕은 문학박사의 문하생이 되어 문장 훈련을 한 결과, 2022년 3월 대

한시협 수필 부문 최우수상, 2022년 6월 남명문화제 시화문
학상, 2022년 7월 [오은문학] 디카시 문학상 대상의 행운을
각각 거머쥐었다.

그 외에도 5. 18 해설사로 5년 동안 활동했고, 빛고을 봉사
단으로 활동하며, 정무2장관상을 수상했고, 2010년에는 문
체부 소속 안동국학진흥원 스토리텔링에 합격하여, 2020년
까지 10년 동안 성실히 근무했다. 그리고, 광주광역시 서구
청 시니어기자로 5년간 활동한 바 있다.

자, 그럼 지금부터 박연식 시인의 디카시 세계로 탐색 여
행을 떠나 보기로 하자.

추억 단상

명주실 같은 바람
볼에 스칠 때
물큰 싫지 않는 땀내음

어머니 닮은 찔레꽃
그 눈물겨운 흔적.

계간지 [오은문학] 디카시 문학상 대상 수상작인 이 디카
시에서의 시적 화자는 찔레꽃을 바라보며 어머니를 떠올리
고 있다.

실제 박연식 시인에게는 어머니가 해준 찔레꽃 화전에 대
한 추억이 있다. 시인의 할머니 생신날은 찔레꽃 하얗게 핀
오월이었다. 자주 고름 옥색 저고리에 풀 먹인 옥양목 행주
치마를 입고 어머니는 부엌에서 대청으로 동분서주하며 할
머니의 생신상을 준비했다. 땀내음 배인 어머니의 치맛자락
이 시인에게는 오히려 설렘이고 즐거움이었을 것이다.

어린 시절 시인이 직접 바구니에 찔레꽃을 따오면 어머니
는 화전을 부쳤다. 찔레꽃 화전에 오월이 뜨겁게 달아올랐
다. 지지직 지지직 소리에 찔레 꽃잎은 몸을 풀었다. 찔레꽃
향기가 노릇노릇 익어가 군침 도는 시인의 유년 시절은 늘
달콤했을 것이다. 찔레꽃 화전을 부치는 날이면 찔레꽃 향
기에 이끌려 멀리서 고모들이 왔다. 친척들이 모두 모여 할
머니 생신 축하 겸 꽃잔치를 했다. 그런 추억이 있기에 박연
식 시인은 명주실 같은 봄바람이 볼을 스치며 지날 때 풍기
는 땀내음이 싫지 않다.

어머니 닮은 찔레꽃이라서, 고단한 삶의 그 눈물겨운 흔
적이 보여서, 아니 느껴져서 마음이 쏴아 하고 울컥함이 밀

박연식 시인의 디카시집 출간을 축하하며

려온다. 찔레꽃을 소재로 어머니에 대한 그리움을 자연스레
이끌어내고 있다. 추억과 함께 노릇노릇 익어 가는 향기 주
머니가 어머니를 더 그립게 한다.

허기의 시절

송알송알 먹음직스러운 밥꽃
한때는 시장기 진동했다
애기구름도 밥 짓는 향기에 끌려
내려와 잠시 쉬어 갔다.

계간지 [오은문학] 디카시 문학상 대상 수상작인 이 디카시
에서의 시적 화자는 이팝꽃을 바라보며 시심에 잠겨 있다.
이팝이란 말은 쌀밥을 뜻하는 '이밥'의 함경도 사투리다.

오래 전 모두 다 가난했던 시절에는 이팝꽃이 흰 쌀밥을 닮아서 고픈 배를 더 고프게 해서 싫어했다. 그 허기의 시절을 시적 화자는 추억하고 있다.

이팝나무는 밥 짓는 김처럼 더운 김을 내뿜는 것일까. 사진 속 구름이 뭉게뭉게 김을 뿜어내고 있는 듯하다. 곯은 배를 움켜쥐고 허기를 달래야 했던 그 시절엔 이팝꽃이 얄미웠을 것이다. 팡팡 터뜨리는 이팝나무의 하얀 쌀밥 같은 꽃들을 보며 마음이 씁쓸했을 것이다. 밥풀 같은 이팝꽃이 후두둑 떨어져 속상했을 것이다. 그 허기의 시절도 흘러 흘러 세월 속으로 사라지고 지금은 고봉으로 밥을 먹는 사람도 드물다. 고봉밥처럼 이팝꽃이 피어 있어도 눈 흘기는 사람이 없다. 구름과 새도 고봉밥 같은 이팝꽃을 먹고, 바람도 고봉밥을 배가 터지도록 먹고 있다.

그런 넉넉한 마음을 시적 화자는 '애기구름도 밥 짓는 향기에 끌려/ 내려와 잠시 쉬어' 간다고 말하고 있다. 이를 통해 시적 화자는 마음의 허기가 지지 않도록 늘 조심해야 한다고 말하고 있는 듯하다.

이 디카시는 몸의 허기와 마음의 허기를 둘 다 다루고 있다. 흐벅지게 피어 있는 이팝꽃 속에서 그 시절의 몸의 허기를 읽어내고, 마음의 여유가 없는 현실 속에서 마음의 허기를 읽어내는 솜씨가 멋지다.

박연식 시인의 디카시집 출간을 축하하며

사랑·1

어디까지 갈 거니?
그대를 만날 때까지
하늘까지라도 타올라
재가 될 때까지.

계간지 [오은문학] 디카시 문학상 대상 수상작인 이 디카
시에서의 시적 화자는 한 송이 빨간 장미꽃을 바라보며, 그
동안 가슴속에만 담아둔 속엣말을 쏟아내고 있다.
시적 화자는 붉은 울음 같은 장미를 통해서 고백하고 있
다. 사랑하는 당신을 만날 때까지, 밤의 울음이 바닥날 때
까지, 애증의 가시가 돋아나지 않을 때까지 사랑의 길을 갈
것이라고 말하고 있다. 사랑이 얼마나 깊으면 이리도 절절
하게 보고파할 수 있을까. 그래서 가시 있는 사랑은 이토록

위태로운 법일까. 애증의 감정이 깊어 자신을 망가뜨릴 수도 있는데 그 길을 결코 멈출 수 없다고 한다. 사랑은 중독성 강한 마약과 같아서 한 번 빠지면 헤어나올 수 없는 것일까. 하늘까지라도 타올라 한 줌의 재가 될 때까지 사랑의 길을 간다고 한다.

인생 전체를 다 바쳐 사랑을 하고야 말겠다는 의지가 엿보여 눈시울을 젖게 한다. 사랑하는 삶이 사랑하지 않는 삶보다 한 수 위니 시적 화자가 선택한 사랑에 박수를 보낸다. 비록 붉은 울음이 많을지라도, 가시 많은 시간을 걸을지라도, 막막한 허공 같은 현실을 견딜지라도, 사랑을 하며 나아가야 한다. 사랑 앞에서는 그 어떤 논리도 그 어떤 명약도 통하지 않으니 사랑 하나만 믿고 나아가야 한다.

첫사랑·1

짧은 사랑과 긴 이별만

남기고 간 쓸쓸한 정자
홀연히 다시 찾아올 것만 같아.

　계간지 [오은문학] 디카시 문학상 대상 수상작인 이 디카
시에서의 시적 화자는 첫사랑에 대한 회상에 잠겨 있다.
　첫사랑처럼 어설프고 뜨거운 사랑이 또 어디 있을까. 온
생애를 바칠 것처럼 다가가지만 바람 한 줄기에 돌아서는
게 첫사랑이 아니던가. 그래서 가장 아름다운 상처가 첫사
랑인 것이다. 첫사랑을 계절에 비유한다면 겨울일 것이다.
함박눈처럼 펑펑 설렘이 다가오고, 온 세상이 눈꽃처럼 환
해, 걸을 때마다 심장이 쿵쾅거리듯 뽀드득 뽀드득 소리로
가득하지만 눈이 그치면 모든 게 다 끝난다. 찬바람은 더욱
매섭게 불 것이고, 추위는 살속을 파고들 것이다. 오로지 쓸
쓸하고 긴 이별만 남아 있을 뿐이다.
　사진 속 정자는 긴 이별처럼 더욱 쓸쓸해 보인다. 여름이
면 사람들로 북적였을 텐데 추운 겨울이라 정자를 찾는 사
람들은 보이지 않는다. 수면에 드리운 그림자도 쓸쓸해 보
인다. 그래도 홀연히 어떤 발걸음이 다시 찾아올 것 같아 기
다린다. 첫사랑도 저 정자처럼 어떤 발걸음을 기다린다. 언
젠가 한 번쯤은 만나고 싶기에 막연히 기다린다. 짧은 사랑
과 긴 이별만 남기고 간 첫사랑, 마치 쓸쓸한 정자와 같다.
거기 이렇게 홀로 앉아 기다리고 있는 건 어쩌면 홀연히 다
시 님이 찾아올 것 같아서다.

설령 오지 않는다 해도, 변함없이 한결같이 기다리는 건, 이게 첫사랑이기 때문이다. 사랑이 이뤄지건 안 이뤄지건 첫사랑은 영원하니까.

궁금

어느 한 관광지에서
사람들이 하나같이 고개 숙인 채
쭈욱 줄지어 앉아 있다.

이 디카시에서의 시적 화자는 어느 한 관광지에서 사람들이 줄지어 앉아 고개 숙이고 있는 모습을 눈여겨보고 있다.

시인은 세상을 호기심 어린 눈으로 들여다봐야 한다. 그 호기심이 한 조각 한 조각씩 이어질 때 시심의 퍼즐은 완성된다. 그 퍼즐이 졸작이 될지 명작이 될지는 모르지만, 호기심에서 시작된 시심의 퍼즐은 언젠가는 반드시 명작으로

박연식 시인의 디카시집 출간을 축하하며

돌아올 것이다. 호기심과 궁금함의 시심은 결코 무르지 않다. 시어를 엮어 한 편의 시로 완성될 때까지 단단하게 시심을 받쳐준다. 이 디카시는 그런 호기심과 궁금함에서 시작되고 있다.

시적 화자는 사진 속 관광객들의 뒷모습에 주목하고 있다. 왜 저러고 고개를 숙이고 있지? 혹시 구경거리가 생겼나? 아니면, 기도하고 있나? 아니면, 뭘 먹고 있나? 궁금하다. 아니면, 각자 피곤하여 향수에 젖어 있나? 아니면, 잠시 사색에 잠겨 자신을 반성하고 있나? 시적 화자는 바삐 돌아가는 일상을 내려놓고 잠시 멈춰 사색의 공간을 제공해 주고 싶은 걸까. 일상 속의 여백을 우리에게 선물해 주고 싶은 것 같다. 시적 화자는 그 궁금함을 우리와 함께 가져보자며 속삭이고 있다.

궁금증을 갖게 되면 새로운 해석을 찾아낼 수 있다. 시는 새로운 해석의 확장이기에 늘 궁금함으로 다가가야 한다. 내밀한 내면의 목소리에도, 세상의 소리에도 궁금함으로 다가가야 한다. 궁금함 속에 오래 머물다 보면 한 편의 독특한 시가 탄생할 것이다.

봄을 초대하고 싶다

외로움

나 항상
여기 서서 기다릴게요
내 사랑이여
어서 노 저어 오오.

이 디카시에서의 시적 화자는 호숫가에 위치한 전망대를
바라보며, 생각에 잠겨 있다.

전망대는 외롭게 서 있다. 누군가를 애타게 기다리고 있
는 듯하다. 외로움에는 두 종류가 있다. 아무도 들어오지 못
하게 마음의 덧문까지 닫고 홀로 있는 외로움과 누군가가
다가오기를 바라는 외로움이 있다. 누군가를 기다리는 외로
움은 기다리는 대상이 오면 해결될 수 있다.

이 디카시에서의 외로움은 늘 누군가를 기다리고 있다.
외로움에서 벗어나게 해줄 사랑이 다가오기를 바라고 있다.
외로움만큼 사랑이 절실하다. 외로움은 감정의 면역체계도
망가뜨려 쉽사리 우울함과 슬픔 속으로 젖어들게 만든다.

박연식 시인의 디카시집 출간을 축하하며

외로움을 희석시킬 수 있는 것은 사랑뿐이다. 외로움에 사랑이 깃들면 물안개처럼 설렘이 피어오른다. 그 설렘이 외로움을 사라지게 한다. 발목까지 적시는 외로움도 순식간에 사라진다.

시적 화자는 그 감정의 흐름을 안 것일까. 다행히 외로움이라는 전망대는 사방을 멀리 볼 수 있는 높은 곳에 위치해 있다. 멀리서 오고 있는 사랑을 볼 수 있으니 다행이다. 외로움이 그믐달처럼 깊었기에 기다림의 사랑을 시작한 것이다. 사랑이 다가올 때까지 기다려야 한다. 사랑이 노 저어 올 때까지 기다려야 한다. 그게 사랑이다. 기다림이 없는 사랑은 가짜다.

이 디카시는 외로움과 기다림과 사랑의 속성을 잘 담아내고 있다.

초록 바다

얼마나 많은
괴로움과 외로움의 고통을 겪어야

저토록 평화를 누릴 수 있을까.

이 디카시에서의 시적 화자는 소나무 사이로 보이는 바다를 바라보고 있다.

바다는 온통 평화로운 초록이다. 저 초록이 될 때까지 바다는 얼마나 많은 괴로움과 외로움으로 밤을 지샜을까. 해일처럼 덮치는 아픔들을 어떻게 견뎌냈을까. 짠내 나는 하룻길을 걸으면서 또 얼마나 많이 울었을까. 품에 안은 고래가 잡혀 가고 끌려 가는 것을 두 눈 뜨고 봐야 했으니, 그 슬픔은 또 얼마나 컸을까. 밀물처럼 들어오는 작살과 썰물처럼 빠져나가는 어린것들의 숨결을 보면서 또 얼마나 좌절했을까. 모든 게 다 바다의 탓이라며 괴로워했을 것이다. 솟구치는 고래의 노래도 없이 바다는 외로웠을 것이다. 수평선 저 멀리 아른거리는 무지갯빛 이름들을 부르고 싶었을 것이다. 지느러미 물결로 꿈틀대는 고래도 없이 바다는 외로움을 견뎠을 것이다. 그 모든 괴로움과 외로움을 견뎌내야 초록으로 깊은 바다가 된다.

사진 속 바다는 초록 잔물결로 평온하다. 저 멀리 윤슬이 보이고, 가깝게는 짙푸른 바다의 맑음이 펼쳐져 있다. 이토록 평온하고 맑고 잔잔해지기 위해 바다는 그동안 수많은 역경과 시련을 건너왔던 것이다. 괴로움과 외로움의 고통을 거치지 않고서야 어디 이런 호사를 누릴 수 있겠는가. 인생사를 한 번 내려다보도록 안내하고 있는 디카시, 사랑스럽다.

박연식 시인의 디카시집 출간을 축하하며

통일

임진강과 한강은 날마다 만나
이산의 아픔을 아는지
훌쩍 훌쩍 시린 물줄기로 서로 어루만진다.

이 디카시에서의 시적 화자는 임진강과 한강이 만나는 지점에서 분단된 역사의 아픔을 껴안고 있다.

한때 임진강과 한강은 서로에 대한 미움으로 한바탕의 피비린내가 진동했던 곳이다. 밀리고 밀려드는 무수한 상처의 발소리로 핏빛이 되었던 곳이다. 어쩔 수 없이 미워하고 원망하며 서로에게 탓을 돌렸을 역사의 강줄기. 그러다가 서로를 어루만지는 하나의 물줄기로 흘러야 한다는 것을 깨달은 것일까.

시적 화자는 그 깨달음을 '이산의 아픔을 아는지/ 훌쩍 훌쩍 시린 물줄기로 서로 어루만진다'고 말하고 있다. 통일은 서로의 마음을 어루만지는 데서 시작하는 거라고 말하는 듯

봄을 초대하고 싶다

하다. 아픔을, 상처를, 오해를 서로 어루만져야 한다고 말하는 듯하다.

통일을 에둘러 표현하는데도 가슴에 와닿는다. 빼어난 수작이다. 북한과 남한의 이별, 두 동강 난 한반도, 이산가족으로 살아가야 하는 한민족, 그 아픔을 아는 것일까. 강줄기는 홀쩍홀쩍거리며 서로를 어루만지며 흐르고 있다. 참 못난 민족, 서로 하나될 줄 모르는 민족. 서로를 어루만지며 보듬어 안을 줄 모르는 지도자들, 이들에게 맹비난을 퍼부으며 흐르고 있는 강줄기, 마음이 숙연해진다.

부럽다

나무들은 참 좋겠다
전염병이 없어서
할머니댁 이모댁에
자주 모여 얘기꽃 피우니까.

박연식 시인의 디카시집 출간을 축하하며

이 디카시에서의 시적 화자는 겹동백꽃을 바라보며 부러워하고 있다.

동백꽃의 꽃잎이 붉다. 코로나19도 물리칠 수 있다는 듯 붉다. 붉은빛은 동백꽃의 쿵쾅거리는 심장인 듯 따스한 온기가 느껴진다. 저 온기로 동백꽃은 서로가 서로를 끌어안았을 것이다. 추운 겨울의 아픔을 끌어안고, 눈보라의 시절을 끌어안고, 꽃샘추위도 끌어안으며 여기까지 왔을 것이다. 서로에 대한 염려와 안부가 있었기에 동백꽃은 전염병도 이겨냈을 것이다.

시적 화자는 서로를 향한 동백꽃의 따스한 온기를 행간에 숨겨 놓은 듯하다. 저 붉은빛의 따스한 온기가 있었기에 폭설을 견뎌낸 것처럼 우리도 서로를 염려하고 걱정해 주며 다가가는 따스한 온기가 있어야 전염병을 이겨낼 수 있다고 말하고 있는 듯하다. 서로를 향한 온기 같은 안부만이 그 어떤 전염병도 이겨낼 수 있다. 사진 속 동백꽃은 코로나19도 두려워하지 않고, 할머니댁, 이모댁에 자주 모여 얘기꽃을 피우고 있다.

그 얘기꽃은 붉은빛의 따스한 온기이며 서로를 향한 염려와 안부이다. 언제 어디서나 안부를 주고받는 동백꽃이 부럽다. 차라리 인간들보다 나으니까. 언제 어디서나 꽃을 피우고 오순도순 살아가니까. 비록 옮겨 다니며 세상 구경은 못하지만, 한자리에서 오래 살면서, 다정히 살아가는 나무들, 그리고 보니 참 부러운 존재들이다. 인간들이 가지지 못

한 장점을 보유하고 있는 나무들, 그 앞에서 잠시나마 겸손
을 배운다.

사랑 고백

심장이 요동칠 때까지
그대 품속에 꼬옥 숨고 싶어요.

이 디카시에서의 시적 화자는 노란 유자를 바라보며 진한
사랑 고백을 쏟아내고 있다.
통상적인 심장의 색깔은 붉은색인데 사진 속 유자의 색깔
은 노란색이다. 시적 화자의 사랑은 진한데 아직 심장이 붉

지 않다. 그래서 사랑하는 님에게 이렇게 말한다. '심장이 요 동칠 때까지/ 그대 품속에 꼬옥 숨고 싶어요.' 참으로 유머러 스하고 재치 있는 사랑 고백이다. 나의 심장은 노란 유자처 럼 아직 붉어지지도 않았고 요동치지도 않았으니 당신 품속 에 숨고 싶단다. 귀여운 사랑 고백이다. 이와는 달리 정반대 의 해석도 가능하다. 나의 사랑은 뜨겁지만 당신의 심장은 노란 유자처럼 아직 붉어지지 않았으니, 당신의 심장이 요 동칠 때까지 당신의 품속에 숨고 싶다는 해석도 가능하다. 이 또한 유머러스한 사랑 고백이다.

어떻게 해석을 하든 시적 화자의 사랑 고백은 귀엽다. 심 장이 요동칠 때까지, 사랑하는 님의 품속에 꼬옥 숨고 싶다 는 고백, 이것만큼 더 진한 고백이 어디 있으랴. 이런 고백을 받는 이는 참 행복하겠다. 사랑은 이처럼 상대의 품속에 꼬 옥 숨고 싶고, 안기고 싶고, 하나되고 싶은 게 아닐까. 사랑 을 복잡하고 어렵게 해석할 필요가 있을까. 사랑은 서로의 심장이 요동치도록 좋아하는 것이다. 사랑은 서로의 품속에 꼬옥 숨고 싶은 것이다.

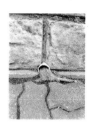

철든 아들

기생충 같은 세월 끝내고
이젠 가족을 위하여
줄기차게 발 뻗어
대지에 당당히 자리잡을 거야.

이 디카시에서의 시적 화자는 하수도 구멍으로 내려온 나무 뿌리를 눈여겨 바라보고 있다. 시심을 이끌어내는 시적 화자의 시선이 독특하다. 시인은 남들과 다르게 사물을 들여다볼 줄 알아야 한다. 처음엔 어설프지만 그 어설픔이 반복되면 반드시 나만의 관점과 시선이 자리를 잡게 된다. 시적 화자는 하수도 구멍 속에서 산 나무의 뿌리를 기생충 같은 세월이라고 바라보고 있다. 빛이 없는 삶, 내일이 없는 삶, 어둠만 자리하는 삶이 기생충 같은 세월을 의미할 것이다. 자식들이 부모의 말에 귀기울여 주면 좋을 텐데, 부모의 말을 거역하고 자신의 삶을 살겠다고 억지를 부린다. 그 억지를 부모는 말리지 못하고 곁을 지킨다. 하수도 구멍 같은 답답한 현실을 살아가야 하는 아들의 삶을 바라보며 부모는 참 많이도 속상했을 것이다. 하지만 묵묵히 곁을 지켜준 부모가 있었기에 아들은 추락할 것 같은 그 어두컴컴한 삶을 이겨낼 수 있었던 것이다. 그러면서 아들은 많은 것들을 깨달았을 것이다. 아픔만큼 성숙한 법이니까.

　아들의 삶은 이제 180도 달라졌다. 어둠이 아닌 대지에 당당히 뿌리를 내리는 삶으로 나아가고 있다. 오롯이 아픔을 이겨낸 아들에게 박수를 보낸다. 아들의 곁에서 묵묵히 자리를 지켜준 부모에게도 박수를 보낸다. 뿌리가 뻗어 나갈 공간이 불안정한 미래처럼 비좁고 협소하지만 이 또한 잘 헤쳐나갈 것 같다.

성공자

태양처럼
캄캄한 산속에서

밤새워 구르고 굴러
산봉우리를 힘겹게 올라
누구에게나 골고루 비추어 준다.

이 디카시에서의 시적 화자는 산등성이에 올라오고 있는
일출을 바라보며 사색에 잠겨 있다.

태양은 밤의 살들을 씻어내며 떠오른다. 좌절과 분노로
힘들었던, 상처와 상처로 얼룩졌던, 밤의 살들을 씻어내며
아침을 맞이한다. 그렇게 자신을 가다듬으며 태양은 누구
에게나 골고루 빛을 비추어 준다. 여기서 시적 화자는 어떤
깨달음에 이른다. 성공자는 저 태양처럼 누구에게나 골고루
빛을 비추어 주어야 한다는 것을.

맞다. 실패를 딛고 일어섰기에, 아픔을 무릅쓰고 나아갔
기에 진정한 성공자는 달라야 한다. 자신의 경험담을 나누
며 많은 이들에게 용기를 줄 줄 알아야 진정한 성공자다. 자
신의 성공만을 위해, 더 많은 이익을 챙기기 위해 남과 나눌
줄 모른다면 진정한 성공자가 아니다. 욕심 사나운 사람에
불과하다.

캄캄한 어둠 속에서 밤새워 구르고 굴러 산봉우리를 힘겹
게 올라오고 있는 저 태양, 산등성이에 올라서서 누구에게
나 골고루 햇귀를 뿌려 주고 있는 저 늠름한 모습, 저 모습이
진정한 승리자가 아닐까.

박연식 시인의 디카시집 출간을 축하하며

어린 시절엔

간이 콩알만큼 쿵쾅쿵쾅
허술한 사립문 통과하려고
얼마나 많은 꾀를 개발했던가.

　이 디카시에서의 시적 화자는 사립문을 바라보며 어린 시
절의 동심 속으로 쑤욱 빨려 들어가고 있다.
　사립문 틈으로 들어오는 아이들의 웃음소리는 늘 심장을
쿵쾅거리게 했을 것이다. 공부를 하다가도 사립문 틈을 비
집고 들어온 아이들의 웃음소리는 정신을 혼미하게 했을 것
이다. 아침 햇살과 삽살개의 개 짖는 소리와 할머니의 지팡
이는 사립문을 자유롭게 드나들 수 있었다. 하지만 시적 화
자에게는 사립문을 열고 나가는 일이 꽤나 곤혹스러웠을 것
이다. 농사일과 집안일을 거들어야 하기에 눈치를 봐야 했
을 것이다. 집안일은 새벽을 열고 어둠을 닫을 때까지 일
을 해야 하는 유전자를 가지고 있었기에 더 그랬을 것이다.

봄꽃들의 유혹 같은 아이들의 웃음소리는 팔랑팔랑 날갯짓을 하는데, 허술한 사립문일지라도 어려서는 통과하기 어려운 관문이었을 것이다. 숙제하지 않고, 잠시 동네 친구들과 어울려 놀기 위해서는 저 사립문을 빠져 나와야 한다. 그러나 그게 쉽지 않다. 어머니와 할머니는 좀처럼 그걸 허용하지 않는다. '00야, 어디 가니? 이거 해놓아야지.' 어김없이 떨어지는 일감, 심부름, 숙제 등등 걸림돌이 참 많았을 것이다.

친구는 기다리는데, 저기 당산나무 그늘 아래서 기다리는데, 갈 수가 없는 신세. 이때 시적 화자는 많은 꾀를 내었을 것이다. 조심조심 사립문을 통과하려고 꾀를 낸 시적 화자의 웅크린 몸. 잠시 그 시절로 돌아가 본다.

평화

높은 하늘이
날마다 먼 길 마다않고
호수로 내려와

박연식 시인의 디카시집 출간을 축하하며

소곤소곤 사랑 속삭이는 모습.

　이 디카시에서의 시적 화자는 해맑은 호수로 쪽빛 하늘이
내려와 만나는 정경을 지켜보고 있다.
　그 모습을 평화라고 해석하고 있다. 평화의 시작은 만남
이다. 만나야 서로의 눈을 바라보며 얘기를 나눌 수 있다.
만남이 없으면 한 걸음도 평화로 나아갈 수 없다. 만남이 없
으면 당신의 발칙한 상상과 나의 빗나간 예상은 깊어지기에
오해가 생길 수밖에 없다. 오해로 빚어진 갈등은 서로에게
잘못만을 전가하기에 더욱 불손할 수밖에 없다. 그 모든 것
을 해결하는 방법은 만남이다. 앞과 뒤의 표정이 다른 만남
일지라도 만남을 계속 이어가다 보면 서로의 표정들을 이해
할 수 있게 된다. 만남은 나의 빗나간 예상을 바로잡게 해줄
것이며, 당신의 발칙한 상상을 깨트려 줄 것이다.
　사진 속 하늘과 호수도 만남이 없었다면 호수는 태풍을 보
낸 하늘을 원망했을지도 모른다. 모든 시련을 넘어선 호수
와 하늘은 그냥 만나는 게 아니다. 사랑을 속삭이며 만나는
것이다. 소곤소곤 다정하게 앙증맞게 사랑하고 있다. 그 모
습도 사랑스럽고, 그렇게 바라보는 시적 화자의 눈길도 사
랑스럽다. 시가 사진과 어우러져 행복하고 평화로운 세상을
만들어 놓고 있다. 이게 진정 시가 바라는 세상이 아닐까. 오
해와 편견을 넘어선 평화로운 세상, 그런 세상을 시심은 꿈
꾸는 게 아닐까.

어머니의 한

창백한 새벽녘
댓잎 끝에 매달린 저 달님
어머니의 다듬이 소릴 듣고
저리 둥글어졌나 봐.

이 디카시에서의 시적 화자는 창백한 새벽녘 하늘에서 달
을 발견한다.

대숲 소리 따라 댓잎이 살랑거린다. 그 끝에 매달린 달님,
어찌 저리 둥글까. 아마도 어머니의 다듬이 소리를 듣고 저
리 다듬어지고 둥글어졌나 보다. 어머니는 무슨 한이 그리
많아 밤새 똑딱똑딱 뚝딱뚝딱 다듬이 소리를 냈던 것일까.
가난이 서러워서, 무심한 아버지 때문에, 아픈 자식 때문에
저리도 똑딱똑딱 뚝딱뚝딱 소리를 냈던 것일까. 그 반듯하
고 둥근 소리에 어머니는 서러움을 삭이며 자식들을 위해

박연식 시인의 디카시집 출간을 축하하며

한 번 더 힘을 냈을 것이다.

그런 어머니의 마음을 시적 화자는 둥근 달에 빗대어 표현한 듯하다. 그 생각이 순박하고 귀엽고 순수하다. 하늘은 창백하지만, 그 안에서 살아가는 달님은 모가 나지 않고 둥그렇다. 어머니의 삶처럼 둥글둥글하다. 어머니의 다듬이 소리로 둥글어지는 달님처럼 시적 화자도 아픔과 서러움을 둥글둥글하게 다듬어 갈 것 같다.

지금까지 살펴본 바처럼, 박연식 시인의 디카시들은 인생사 속에서 아름답고 신선하고 행복한 세상을 빚어내고 있다. 하찮은 사물과 정경을 무심히 지나치지 않고, 포착하여 시심의 끌로 갈고 닦고 빚어내어, 시적 형상화해 놓고, 이를 사진으로 보완하여, 아름다운 창작품을 선물해 주고 있다.

사진을 통해 바라보는 다채로운 세상, 다양한 세계, 이를 시적 형상화를 통해, 이미지 구현을 통해, 또는 낯설게 하기를 통해 싱그러운 시심의 꽃을 통해 예술품을 선보이고 있다. 여기에 제목의 감칠맛을 보태어, 아주 깜찍한 창작 예술을 만나게 해주고 있다.

디카시는 현대 문학 장르에서 가장 사랑받는 장르가 될 특질을 고루 구비하고 있다. 우선 눈이 즐겁다. 한자리에서 여러 세상, 미묘한 정서까지도 읽어낼 수 있는 기회가 주어진다. 막혔던 정서, 감정까지 뚫고 소독하고 청소할 수 있어 좋다. 앉아서 수많은 여행을 즐길 수 있어 더 좋다. 복잡하고 꼬아져서 보기 싫고 대하기 싫었던 시와 친해질 수 있어 아주 좋다. 시로부터 점점 도망가는 독자들을 디카시의 동산으로 끌어들일 수 있어, 정말 좋다.

앞으로 박연식 제2디카시집, 제3디카시집도 선보여, 보다 풍요로운 시심의 세계를 보여 주길 소망해 본다. 여생을 외롭지 않게 보다 활기차게 보다 의미롭게 보다 멋지게 보낼 수 있게 해주는 친구가 바로 이 디카시가 아닐까. 박연식 시인도 필자와 같은 마음이기를 기도해 본다.

–등줄기에 땀은 흐르지만 디카시가 있어 행복한 시간에

한실문예창작 지도 교수 박덕은
(문학박사, 전 전남대 교수, 문학평론가, 시인, 소설가, 동화작가, 사진작가, 화가)

작가의 말

　칠월의 신록처럼 문학에 대한 나의 열정은 푸르디푸르다.
　명예, 영광, 기다림 등을 상징하는 능소화(凌霄化)는 하늘을 능가한다는 뜻으로 장원 급제를 한 사람에게 화관을 꽂아주는 어사화로 불리운다.
　봄꽃들이 서로 다투면서 지천으로 핀 후, 모란 장미까지 지고 천지가 삭막할 때, 능소화는 칠월의 푸른 나무를 타고 어사화 줄기처럼 대궐의 담 너머로 얼굴을 내밀며 자태를 뽐내고 있다.
　나의 문학은 오랫동안 능소화처럼 더디게 틀어 올리다가, 작년 가을 한실문예창작 지도 교수 박덕은 문학박사님을 만나 비로소 비옥하게 자랄 수 있었다.
　능소화가 혼자서는 오를 수 없듯이 나는 교수님을 만나고 나서야 비로소 문학의 줄기를 틀어 올릴 수 있었다.
　문득 그 시절이 떠오른다. 여고 3학년 때 오승우 미술 선생

님은 미술 시험으로 능소화를 그리라고 했다.

미술부도 못 받은 '수', 한 반에 3명밖에 없는 '수'를 내가 받았다. 능소화가 나에게 '수'를 선물해 주었다.

그 후 나는 담 너머로 당당하게 나팔 부는 능소화를 보면 수를 맞았던 추억과 함께 미래에 대한 희망이 보였다.

모든 장르를 망라하고 수업 시간마다 열정으로 지도한 교수님께 놀라웠다.

그리고 공모전에 응모하라는 말씀에 감동을 받았다. 2000년에 한국수필, 2016년에 아시아서석문학 시 등단, 수필 작품상, 이게 문학상의 전부였다. 내가 처음으로 공모전에 응모하여 대한시협 수필 부분 최우수상, 남명문화제 시화문학상, 오은문학 디카시 문학상 대상을 수상했다. 1년도 안 되어, 문학상을 셋이나 수상했으니 기쁘기 그시없다.

하루는 지도 교수님이 시, 수필, 시조, 동시, 소설, 디카시까지 모두 설명해 주었다. 그중에서 나는 사진에 관심을 두고 디카시 설명을 열심히 들었다. 핸드폰 고르는 법도 설명해 주었기에 대리점에서 사진 용도에 맞게 좋은 핸드폰을 선택할 수 있었다. 각도와 구도와 명암을 생각하면서 한 컷한 컷 사진 찍는 연습을 하기 시작했다.

항상 방그레 문학회 문우들이 격려와 칭찬을 아끼지 않았기에, 제일 고령임에도 불구하고 수업에 재미를 붙일 수 있었다.

마음 따스한 교수님과 방그레 문학회 문우들께 진심으로 감사하고 고맙다.

그리고 사진을 많이 남긴다는 것은 부의 상징처럼 나의 로망이었다. 슬하에 그것도 10년 만에 얻은 귀한 남매, 혼자만 자식 둔 기분으로 만날 때마다 찍어대다가 딸에게 핀잔을 들을 때도 있었다.

그렇게 시작한 나의 디카시가 황혼에 능소화 월계관을 쓰고 대궐집 담을 넘어 호령하는 황후가 된 듯해 기분이 좋다.
 시도 때도 없이 사진 찍자던 나에게 잔소리 없이 지원해
주고 모델이 되어준 남편에게 감사함을 전한다. 사랑스런
아들딸과 며느리 그리고 손자 손녀에게 고마움을 전한다.

                         – 신록이 겹겹으로 울창한 칠월
                           청포도 익어가는 치평동에서
                           월파 박연식 올림

시인 박연식

박덕은

서당의 글 읽는 소리
자장가 삼아 노닐던
어린 날의 꿈송이

야무진 학창 시절
꿰뚫고 다니던
천진난만 웃음소리

화기애애 양탄자
줄줄이 깔고
봄동산에 올랐고

살랑살랑 산들바람
타고 다니며
희망 노래 불러댔다

정숙한 결혼 생활
그 품안에서
자식들 설렘이 익어갔고

싱그런 열매 주렁주렁
온 집안 가득
행복에 촉촉이 젖었다

어느 날 불어온 향기의 노래
치맛자락 데불고
덩실덩실 이미지랑 춤추다가

연둣빛 선율에 기대어
감동의 파노라마 한가운데
찬란한 시심의 깃발 꽂고 있다.

祝詩 - 박덕은

차 례

제2장 초록 바다

제3장 익어 가는 모습

제1장
사랑 고백

사랑 고백

심장이 요동칠 때까지
그대 품속에 꼬옥 숨고 싶어요.

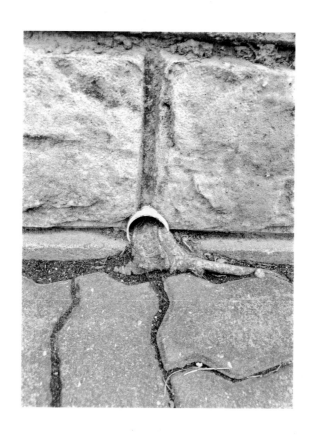

철든 아들

기생충 같은 세월 끝내고
이젠 가족을 위하여
줄기차게 발 뻗어
대지에 당당히 자리잡을 거야.

첫사랑·1

짧은 사랑과 긴 이별만
남기고 간 쓸쓸한 정자
홀연히 다시 찾아올 것만 같아.

첫사랑·2

해마다 진달래 피면
이 정자에서 만나기로 약속했는데
여태 불러도 대답 없는 그대여.

성공자

태양처럼
캄캄한 산속에서
밤새워 구르고 굴러
산봉우리를 힘겹게 올라
누구에게나 골고루 비추어 준다.

존경

왕건 장군님
물 급히 드시면
체할까 봐 버들잎을
이렇게 띄웠사옵니다.

얼레리 꼴레리

참꽃 따는 아가씨
소 먹이는 목동이
손목 잡았다네.

부럽다

나무들은 참 좋겠다
전염병이 없어서
할머니댁 이모댁에
자주 모여 얘기꽃 피우니까.

노후에는

저 소나무처럼
바다 보이는 곳에서 살고 싶다
님과 함께 시 쓰고 노래하면서.

엄마의 기도

사랑하는 애들아
유치원 가자
튼튼하게만 자라다오.

새해 소망

고목에
봄꽃 피어나듯
쉬어 터진 내 가슴에도
봄을 초대하고 싶다.

다짐의 향기

광주독립운동기념탑 앞에서
숙연한 마음으로 묵념한다.

기도·1

신이시여!
이 생애 마치기 전까지
동백꽃처럼 예쁜 사랑 한 번
하게 해주세요.

기도·2

석 달 열흘 쌀밥 먹일 생각에
엄마는 허기 참고
정화수에 별그림자 담았다.

어린 시절엔

간이 콩알만큼 쿵쾅쿵쾅
허술한 사립문 통과하려고
얼마나 많은 꾀를 개발했던가.

개척자

인생도 사랑도
성공할 수 있었음은
다 튼튼한 이 발 덕분.

여행 단상

바다가 너무 보고파서
이순신 대교까지 갔더니
글쎄 구름이 먼저 와 있더군!

건축학 개론

통풍 볕이 잘 드는 남향
왕거미줄
태풍이 지나가도 끄떡없다.

고백

사랑한다 말할까
손목 잡고 다시 온다던 님
오늘은 절대로 놓지 않을 겁니다.

풍경

꽃보다 예쁜 가을 단풍
사계절 아름다운 우리나라
정자에서 한실문예창작
문우들 끼리끼리
시 낭송 합시다.

노익장

언제나 어디서나
아름다움 유지하고 싶다
이건 진정한 여인의 욕망.

어떤 고백

타향인데도
그리운 고향처럼
포근해요.

코스모스

호숫가에 수줍은 새색시
그리운 님
기다리다 세월 다 보낸다.

꽃 보는 마음

너와 내가 있어
세상은 쓸쓸하지 않아
마음이 아름다워야
어여쁜 꽃도 발견하는 거래요.

제2장
초록 바다

궁금

어느 한 관광지에서
사람들이 하나같이 고개 숙인 채
쭈욱 줄지어 앉아 있다.

사랑·1

어디까지 갈 거니?
그대를 만날 때까지
하늘까지라도 타올라
재가 될 때까지.

사랑·2

마스크 벗는 세상 오는 그날까지
최선을 다해 정성껏
당신에게 빛을 보내드릴게요.

어머니의 한

창백한 새벽녘
댓잎 끝에 매달린 저 달은
어머니의 다듬이 소릴 듣고
둥글어졌나 봐.

동반자

어린시절 앞마당에서
친구처럼 함께 자란 작약
수년 묵은 그리움도 함께 자라났지.

외로움

나 항상
여기 서서 기다릴게요
내 사랑이여
어서 노 저어 오오.

평화 통일

구름은 흘러 흘러
고향 산천으로 가건만
우리는 어찌하여 갈 수 없나요
살아생전 한 좀 풀어 주세요.

일편단심

왕건 따라 가 버린 버들아씨
500년 동안 기다린 나주 왕사천에
서 있는 늙은 노송
허리 꼬부라져서도 여전히 기다린다.

은혜

너는 나를 위하여
이리도 예쁜 짓 하는구나
나는 너를 위하여
무엇으로 공 갚으랴.

신혼집

여보,

할아버지가 함께 살자고 하네,

어때요?

당신만 곁에 있으면 난 행복해요.

초록 바다

얼마나 많은
괴로움과 외로움의 고통을 겪어야
저토록 평화를 누릴 수 있을까.

아름다움

어머니 산소에 보랏빛 제비꽃
종부의 지조와 조강지처의 자리
우뚝 지켜온 모습.

어머니의 세월

베틀에 씨줄로 잉아 걸고
들락날락 날줄을 북통에 넣어
바디로 엮어 한 치 한 치
한의 소리 넣어 베를 짠다.

관광 명소

햇빛과 산들바람이
시인이랑 함께 꽃을 심으니
시인 닮은 사람들이 모여든다
하늘과 구름도 그림 그리려고 모여든다.

바닷길 정경

어느 화가 있어

저로록

색의 조화 표현하나요.

새 생명

새해가 밝으면
산야에 제일 먼저 피어나는 꽃
눈 속에서 발견하고
용기 얻는다.

가장

먼저 와서 장소 물색하더니
여보, 이쪽으로 와요
갯지렁이가 이쪽에 더 많아요.

봄

새봄에 잎이 제일 먼저 핀
버들강아지 줄기로
거실에서 봄을 만끽한다.

아름다운 나라

야경이 아름다운
데이트 코스
달님까지 길 잃어
넋 놓고 있어요.

약초

산수유 가지마다
행복이 주렁 주렁
부지런한 꿀벌 먼저 와서
인사하네요.

순결

님 그리워
잠 못 들고 있어요
나 어떡해요.

약속

큰 사랑 받고 태어났으니
큰 사랑으로 보답할게요.

부부

우리는
육십 평생 함께 살았습니다
사랑하려고
서로 노력했습니다
그러다 닮아갔습니다.

민주의 종

민중을 위하여
함께 울리겠습니다
사명 다하지 못하니
배만 불러오고 있습니다.

제3장
익어 가는 모습

용맹

천년 살아서
귀감이 되는 소나무
말이 큰소리로
외치는 것 같아요.

말발굽

겨레 위해

밤낮으로 독립운동 하는

주인을 등에 업고

용정 변방에서 쏘아대는 총소리

피해 가면서 험한 산마루를 넘었다.

효도

어머니 살아생전에
꽃길 한 번 걷게 해 드릴 걸
죽도록 고생만 하시고 가셨으니
꽃길만 보아도 눈물 난다.

송해 제2고향

송해는 떠났다
그러나 국민은
아직 그를 보내지 않았다
송해공원에 가면
지금도 그를 만날 수 있다.

대구송해공원

저 길은 송해 고향 가는 길
살아생전 못 가 본 황해도 재령
죽어서라도 꼭 소원 푸세요.

시골 다방

정든 땅 내 고향
사랑을 속삭이던 물레방앗간
그대여 돌아오라
참새 짝들은 여태 그대로 사는데.

봉사

저만 따라오세요
문화의전당 길
장미 가족의 웃음으로
안내합니다.

익어 가는 모습

82세 시인
저무는 황혼 애달파
억지 웃음 애써 벗어 놓는다.

들리나요

사랑을 위하여
뜨거운 태양 붙잡고
드디어 피워낸 한마디
"사랑합니다."

무지개를 바라보며

막연히 화려함만 쫓지 말고
한 계단 한 계단 꾸준히.

그게 매력

여성으로서 한평생
애교와 수줍음 갖추고
장미처럼 아름답게
가시처럼 강직하게.

부부 사랑

그대는 내 사랑
당신도 내 사랑
60년 함께 했으니
한 쌍의 원앙.

통일

임진강과 한강은 날마다 만나
이산의 아픔을 아는지
훌쩍 훌쩍 시린 물줄기로 서로 어루만진다.

허기의 시절

송알송알 먹음직스러운 밥꽃
한때는 시장기 진동했다
애기구름도 밥 짓는 향기에 끌려
내려와 잠시 쉬어 갔다.

추억 단상

명주실 같은 바람
볼에 스칠 때
물큰 싫지 않는 땀내음
어머니 닮은 찔레꽃
그 눈물겨운 흔적.

사랑처럼·1

철쭉은 푸른 하늘 못 잊어
하늘 가까운 무등산 서석대까지 올라가
해마다 피 토하듯 꽃 피운다.

사랑처럼·2

가을도 아닌데
단풍이 불타고 있어요
봄날 긴 허리 베어 사렸다가
겨울밤 이불 되어 주고 싶어요.

평화

높은 하늘이
날마다 먼길 마다않고
호수로 내려와
소곤소곤 사랑 속삭이는 모습.

새 가족

시집가더니
애틋이 소중한 자식 잘 키워
잘살고 있어
이 어미는 흡족하구나.

뿌리 찾아서

아빠 고향이 남쪽이래서
물어 물어 찾아왔어요
와, 저기 보인다
조부모님 찾아뵙고
어른이 된 우리 모습 보여 드리자.

가족의 합창

엄마 아빠, 감사합니다
드디어
다 함께 활짝 피워냈어요.

배움의 길

우리나라 좋은 나라
부디 균형 발전하라
우리 자녀들이 행복하도록.

항상 좋은 사이

핏줄로 이어진 사이
무슨 말이 더 필요할까
바라만 봐도 함께 웃음꽃 피운다.

나의 유산

영원한
나의 기쁨
나의 행복
나의 열매.

제4장
어머니 추억

면사포

봄처녀 하늘에서 하얀 너울 쓰고
살포시 내려오네요
얼마나 그리워했기에
이 봄 아들 찾아오시나요.

어머니

어머니는 나주에서 태어난
생육신 김굉필의 후손
논어 읽고 시 서화 자수에 능통하여
소동파로 소문난 외동딸.

향수

허기진 시절
벼가 자란 내 고향은 그리움
너만 익으면
출세의 꿈을 꿀 수 있었지.

어머니 추억

깨꽃 피면 어머니는
깨처럼 발길이 종종거렸다
땅에 허실 없이 장에 가서 팔면
장롱에 학비가 쌓였다.

내 딸의 혼

내 딸은 서양화가
화구통 들고 가서
쉬임 없이 붓질한다
저 문 안쪽까지.

구름말

철쭉 피기까지 목 타며 기다렸다가
꽃이 그리워 숨가쁘게 달려온다
철쭉도 이 순간을 놓치면 안 돼.

산책길

우리 동네 골목길에서
올려다보이는 하늘
목청 크게 부른다
사랑한다고 영원히.

세자빈 되는 순간

여성미 갖추고
오염되지 않고
버릴 게 하나 없는
저 여인.

촬영 : 호찌민 하영철

위대한 한국

저 커다란 호수에

어느 화가 있어

저토록 아름답게 그릴 수 있을까.

오월 같은 우리 나라

산과 하늘이
저토록 맑고 투명한 나라
어디서 보았나요.

대둔산 산행

산이 좋아 산에 오르고
산이 불러 산사다리 오른다.

신선이 사는가 봐

백두산 천지는
하루에도 몇 번씩 변덕스러운 요술 부려
우박과 태풍으로 되돌아가곤 한다.

무릉도원

수풀 우거진 청산에서
벌떼 웅웅대는 텃밭 가꾸고
거기 여러 야채로 밥상 차려
사랑하는 님 시중 들며 살고파.

행복

땅이 아니어도 좋아요
할머니 품이 더 좋아요.

연등

사월초팔일에는 편지 쓰자
깔깔대던 꽃들이 웃음 여밀 때
아련함 못 잊어 깊은 사연 적어 보내자.

등대지기 노래

물결 위엔
달그림자 멈춰 있고
수평선의 작은 배들에겐
등대불이 구세주.

눈물의 탑

광주 민주화 정신
두 손으로 꼭 쥔 조형물
42년 만에 대통령이 참석해
감격의 눈물바다 이루다.

석류꽃

하늘의 별들이
식당 앞에서 연주회 하나 봐요
나무에 매달려 희망의 나라로
랄랄라라라라.

각본 없는 강의

교단에선 교수님 강의가 최고
관광버스 안에선
끼쟁이의 유머와 위트가 최고.

영원히 사랑해

어느 날
동시에
서로 사랑 고백 했어요.

사랑하니까

언제나 함께
밥 먹고 싶어.

가까운 사이

나를 위해
기꺼이
긴 밤 지새울 사이.

추억은 아름다워

꿈 많던 여고 시절
그때는 눈물이었지
지금도 눈물.

사진으로 남기고 싶어

아버지 어머니가
혈육으로 맺어준 이 인연
이제 반세기 살았으니
이별 연습만 남았네요.

한실 문예창작 문우들의 작품집

오늘의 詩選集 Series

오늘의 詩選集 제1권 **화장을 지우며** 강만순 지음 / 144면	오늘의 詩選集 제12권 **비밀 일기** 박봉은 지음 / 176면	오늘의 詩選集 제23권 **당신에게·둘** 박봉은 지음 / 176면
오늘의 詩選集 제2권 **또 한번 스무 살이 되고 싶은 밤** 김숙희 지음 / 160면	오늘의 詩選集 제13권 **꽃만 봐도 서러운 그날** 한실 문예창작 동인지 제8집	오늘의 詩選集 제24권 **그 누가 다녀간 것일까** 전금희 지음 / 206면
오늘의 詩選集 제3권 **사랑의 빈자리 될까 봐** 박완규 지음 / 144면	오늘의 詩選集 제14권 **마냥 좋기만 한 그대** 최기숙 지음 / 176면	오늘의 詩選集 제25권 **한 잔 술에 가둘 수 없어** 이후남 지음 / 164면
오늘의 詩選集 제4권 **유모차 탄 강아지** 김미경 지음 / 112면	오늘의 詩選集 제15권 **풀꽃향 당신** 김영순 지음 / 176면	오늘의 詩選集 제26권 **그리움 머문 자리** 이인환 지음 / 176면
오늘의 詩選集 제5권 **이 환장할 봄날에** 신점식 지음 / 176면	오늘의 詩選集 제16권 **유리인형** 박봉은 지음 / 176면	오늘의 詩選集 제27권 **사랑의 콩깍지** 김부배 지음 / 176면
오늘의 詩選集 제6권 **작아지고 싶다** 주경희 지음 / 176면	오늘의 詩選集 제17권 **보고픔이 자라고 자라서** 한실 문예창작 동인지 제9집	오늘의 詩選集 제28권 **사랑은 시가 되어** 최길숙 지음 / 176면
오늘의 詩選集 제7권 **가을은 어디나 빈자리가 없다** 전금희 지음 / 176면	오늘의 詩選集 제18권 **첫사랑** 김부배 지음 / 176면	오늘의 詩選集 제29권 **그리움이라서** 이수진 지음 / 176면
오늘의 詩選集 제8권 **쓸쓸함에 대하여** 이후남 지음 / 176면	오늘의 詩選集 제19권 **나는 매일 밤 바람과 함께 사라진다** 박덕은 지음 / 240면	오늘의 詩選集 제30권 **그리움 헤아리다** 배종숙 지음 / 176면
오늘의 詩選集 제9권 **바람이 열어 놓은 꽃잎** 문재규 지음 / 220면	오늘의 詩選集 제20권 **오늘도 걷는다** 유양업 지음 / 176면	오늘의 詩選集 제31권 **아직 끝나지 않은 이야기** 장헌권 지음 / 176면
오늘의 詩選集 제10권 **단 한 번 사랑으로도** 이호근 지음 / 176면	오늘의 詩選集 제21권 **내 사람 될 때까지** 전춘순 지음 / 176면	오늘의 詩選集 제32권 **마냥 좋아서** 한실 문예창작 동인지 제11집
오늘의 詩選集 제11권 **할 말은 가득해도** 최승벽 지음 / 176면	오늘의 詩選集 제22권 **처음 사랑** 한실 문예창작 동인지 제10집	오늘의 詩選集 제33권 **그리움의 언덕에 서다** 김부배 지음 / 176면

오늘의 詩選集 제34권

사찰이 시를 읊다
이수진 지음 / 176면

오늘의 詩選集 제35권

그대는 나의 누구인가
한실 문예창작 동인지 제12집

오늘의 詩選集 제36권

사랑은 감기몸살처럼
박봉은 지음 / 176면

오늘의 詩選集 제37권

그때는 몰랐어요
정주이 지음 / 176면

오늘의 詩選集 제38권

몰래 한 사랑
조정일 지음 / 192면

오늘의 詩選集 제39권

여백의 미학
한실 문예창작 동인지 제13집

오늘의 詩選集 제40권

이 환장할 그리움
김부배 지음 / 164면

오늘의 詩選集 제41권

지금도 기다릴까
유양업 지음 / 166면

오늘의 詩選集 제42권

사랑하기까지
한실 문예창작 동인지 제14집

오늘의 詩選集 제43권

나에게로 가는 길
전예라 지음 / 176면

오늘의 詩選集 제44권

지금 여기에
이양자 지음 / 184면

오늘의 詩選集 제45권

또 하나의 나
이명순 지음 / 176면

오늘의 詩選集 제46권

향기 나는 꽃
서정필 지음 / 192면

오늘의 詩選集 제47권

그리움의 향기
한실 문예창작 동인지 제16집

오늘의 詩選集 제48권

마음의 쉼표
김방순 지음 / 176면

오늘의 詩選集 제49권

그리움의 시간
강덕순 지음 / 176면

오늘의 詩選集 제50권

사랑의 전설 안고 피어나라
조규칠 지음 / 168면

오늘의 詩選集 제51권

가슴의 꽃
서은옥 지음 / 176면

오늘의 詩選集 제52권

노을의 여백
류광열 지음 / 144면

오늘의 詩選集 제53권

풍경이 있는 전원
이선자 지음 / 176면

오늘의 詩選集 제54권

얼마나 더 깊어야 네 마음 헤아릴까
배종숙 지음 / 120면

오늘의 詩選集 제55권

사시사철 사랑
박상은 지음 / 176면

오늘의 詩選集 제56권

섬진강 처녀
박상은 지음 / 160면

오늘의 詩選集 제57권

인연의 향기
한실 문예창작 동인지 제17집

한실 문예창작 동인지

한실 문예창작 동인지 제1집
『한꿈』

한실 문예창작 동인지 제2집
『한꿈』

한실 문예창작 동인지 제3집
『당신의 쓸쓸함은 안녕하십니까』

한실 문예창작 동인지 제4집
『목련은 흔들리고 있다』

한실 문예창작 동인지 제5집
『그래도 한쪽 가슴은 행복합니다』

한실 문예창작 동인지 제6집
『좋은 걸 어떡해』

한실 문예창작 동인지 제7집
『아직도 사랑인가 봐』

한실 문예창작 동인지 제8집
『꽃만 봐도 서러운 그날』

한실 문예창작 동인지 제9집
『보고픔이 자라고 자라서』

한실 문예창작 동인지 제10집
『처음 사랑』

한실 문예창작 동인지 제11집
『마냥 좋아서』

한실 문예창작 동인지 제12집
『그대는 나의 누구인가』

한실 문예창작 동인지 제13집
『여백의 미학』

한실 문예창작 동인지 제14집
『사랑하기까지』

한실 문예창작 동인지 제15집
『시의 집을 짓다』

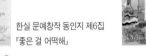
한실 문예창작 동인지 제16집
『그리움의 향기』

한실 문예창작 동인지 제17집
『인연의 향기』

오늘의 수필집 Series

오늘의 수필집 제1권
그곳 봄은 맛있었다
최세환 지음 / 288면

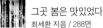
오늘의 수필집 제2권
바람 따라 구름 따라 별빛 따라
유양업 지음 / 288면

오늘의 수필집 제3권
행복한 여정
유양업 지음 / 304면

오늘의 수필집 제4권
창문을 읽다
박덕은 지음 / 164면

오늘의 수필집 제5권
꿈을 꾼다
유양업 지음 / 256면

오늘의 디카시선집 Series

오늘의 디카시선집 제1권
그리움 흔들리는 날
이선주 지음 / 148면

오늘의 디카시선집 제2권
눈부신 사랑
김승환 지음 / 140면

오늘의 디카시선집 제3권
아내바라기
고대륜 지음 / 152면

오늘의 디카시선집 제4권
봄을 초대하고 싶다
박연식 지음 / 148면